LETTRES

INÉDITES

DE M. DE PEIRESC,

PUBLIÉES PAR LE PRÉSIDENT

FAURIS DE SAINT-VINCENS,

Correspondant de l'Institut.

PARIS,

DE L'IMPRIMERIE DE J. B. SAJOU,

Rue de la Harpe, n.° 11,

1815.

Extrait du Magasin Encyclopédique, Numéro
d'Avril 1796.

LETTRES

INÉDITES

De M. DE PEIRESC, *publiées par le Président*
FAURIS DE SAINT-VINCENS.

CES lettres sont adressées à M. Borilli, citoyen
d'Aix, homme savant en antiquités, qui pos-
sédoit un cabinet fort bien choisi en médailles,
idoles, tableaux et histoire naturelle. Louis XIII
étant venu à Aix en 1622, voulut voir ce cabinet de M. Borilli; il voulut l'orner par le
don qu'il fit au propriétaire de son baudrier
et de son épée. Tous les poètes français s'em-
pressèrent de célébrer ce don par des pièces,
des vers; il y en eut même de composées en
grec; et Grotius, qui étoit alors à la suite
de la cour comme ambassadeur de Suède, fit
à ce sujet des vers latins assez beaux. M. de
Peiresc écrivit ces lettres de Beaugencier,
qui étoit une de ses maisons de campagne;
il s'y étoit retiré pendant la peste qui affligea
la Provence en 1629 et 1630, et pendant
les troubles qui régnèrent aux années sui-
vantes.

[4]

Extrait de lettre de M. DE PEIRESC, *du* 7 *Mars* 1630. *Beaugencier, près Toulon, à* M. BORILLI, *à Aix* (1).

Je vous prie d'intercéder auprès de M. le consul votre frère pour que le pauvre David, imprimeur, ne perde pas sa place d'imprimeur en la maison de ville; cela feroit moins de tort à lui qu'aux consuls, à cause de tant de services de son père et de lui. Vous sçavez que toutes les fois qu'il a été question d'imprimer de bons ouvrages en français, il s'y est prêté à ma considération; que plusieurs de nos auteurs et jurisconsultes qui, dans notre province, eussent mieux aimé écrire en latin qu'en français, sçachant mieux la première langue que l'autre; ayant, d'après mes sollicitations, composé et écrit en français, David m'a souvent fort aidé à corriger tant le fonds que le style desdits ouvrages, tant avant l'impression qu'en corrigeant les épreuves : il a donc acquis des droits à la gratitude des gens lettrés comme vous (2).

(1) Peiresc a fait des efforts incroyables pour mettre en honneur la langue française, et pour engager les auteurs à écrire en français. Cette lettre le prouve.

(2) La famille David exerce la librairie et l'imprimerie à Aix depuis près de deux cents ans, avec beaucoup de distinction.

[5]

Autre lettre du 30 *Octobre* 1630.

Monsieur, j'ay reçu la vostre du 17, avec
le dessein de l'épée antique d'Avignon, que
je ferai graver lorsque j'aurai la chose même.
Je l'ai trouvée fort belle, fort semblable à
celles que vous m'avés veû, si ce n'est qu'elle
est un peu longue, et on sçait que les anciens
portoient des épées fort courtes; mais cela
ne m'en fait pas soupçonner la fausseté, j'estime que ce sera une bonne acquisition à la-
quelle je n'épargnerai pas la valeur de la
montre et de la sonnerie qu'on demande en
eschange. Mais j'estime qu'il seroit bon de
ne faire pas porter dans Aix cette pièce,
maintenant qu'il semble qu'il n'y ayt rien
d'asseuré dans cette pauvre ville, si Dieu n'a
pitié des gens de bien que l'on fait passer
pour aussi coulpables que les plus méchans,
et cela parce qu'ayant été porté en ce pays
des édits qui nous bouleversent dans notre
constitution de pays d'état, ils croyent devoir
s'y opposer (1); c'est à l'aspect du moindre

(1) Le cardinal de Richelieu avoit voulu faire de
la Provence un pays d'élections, de pays d'Etat qu'elle
étoit auparavant. Il y eut de vives réclamations contre
ces changemens qui ne subsistèrent pas longtemps.
Mais on exila, on bannit, on confisqua les biens
des principaux réclamans.

mot qu'on tourmente et qu'on calomnie. Dieu qui voit le plus profond des cœurs sçait bien qui sont les coulpables du mal dont on se plaint; il fera voir, s'il lui plaît, l'innocence de ceux qui ont toujours préféré les intérêts du public aux leurs propres, comme nous avons fait toute notre vie. Mais comme il nous a voulu donner des biens et des commodités, il est raisonnable qu'il les puisse ôter quand bon lui semble, aussi bien que les personnes des parens et amys et que la propre santé de nos corps.

Du 20 Décembre 1630.

Si M. Rostagni étoit homme assés courtois pour nous faire voir son trébuchet (1), nous examinerions si c'est une chose différente de tant d'autres que nous avons. Plusieurs trébuchets, ou balances antiques, ont pour leur servir de poids un petit buste en bronze de Bacchus couronné de pampres, d'où vient, dit-on, qu'on les appeloit *Libra;* mais je n'en avois jamais vu avec un Cupidon, comme est celui que vous m'annoncés. Envoyés-moi un dessein à peu près de la mesure; vous savés que lorsque je fais dessiner quelque monument, grand ou petit, j'aime que la copie soit

---

(1) C'est-à-dire, sa balance antique.

de grandeur naturelle, aimant mieux gaster du papier que de me faire des idées des choses fausses, et ne m'en rapportant guères aux mesures que me donnent les peintres et dessinateurs (1). Pour les monnoyes du Roi Jean, je pense en avoir de plus de trente ou quarante différentes sortes. Quant au mémoire que vous m'envoyates du Pape Jean XXII, que l'on a cru avoir été archevesque d'Aix, je ne le pense pas; plusieurs ont écrit qu'il avoit été évesque de Cahors, et puis d'Ags, et puis d'Avignon.

Du 3₁ Janvier 163₁.

Vous m'avés bien fait venir la salive en bouche quand vous m'avés mandé l'exactitude dont usoit M. Jusberty, tant aux instructions dont je l'avois prié que au recueil des monnoyes de Provence, ou de leur cours et valeurs durant tant d'années, ce qui mérite bien de n'être pas perdu ou supprimé, non plus que l'avantage de celuy qui s'est attaché à ce la-

(1) Montfaucon, dans son *Antiquité expliquée*, rapporte une Dissertation de Peiresc sur *l'Arc de triomphe d'Orange :* on y voit que Peiresc avoit fait faire des dessins de grandeur naturelle de chacun des bas-reliefs de ce monument ; il avoit ensuite réduit lui-même en un seul dessin de grandeur moyenne tous ces calques. Il en agissoit ainsi ordinairement.

beur; et, pour le rendre plus accomply, il y faut joindre ce que j'ay recueilly des ordonnances qui en ont été faictes non-seulement en cette province, mais aussi en celles de nos voisins dont nous imitions les espèces, et dont ils imitoient les nôtres, et puis comparer le tout avec les pièces mêmes dont vous sçavés que j'ay un grand nombre et une grande diversité; et si il peut faire une incursion sur les monnoyes ou médailles de Marseille, il marchera en beau chemin, quoique non encore bien battu. Cette rivale de Rome et fille de la Grèce, Marseille, poussoit dans un temps bien avant l'art du dessein et des arts. Vous sçavez que j'ai pris à singulier gré le laurier rose blanc double et triple, il vient ici à merveille comme je l'ay expérimenté cet esté dernier; la graine en est si légère que le vent me l'a presque toute emportée sans que nous fussions apperçus de sa naturalité; il y a cependant quelques gousses sur l'arbre qui pourroient meurir si le temps se radoucit, auquel cas vous en aurés et pour vos amis; j'en veux même faire enter sur du laurier rose rouge. Et quant aux beaux chats d'Ancyre ou Angoury, que vous savés bien que j'avois fait venir avec quelques chèvres du même pays, et qui, par mes soins et les dons que j'en ay fait, sont à présent fort connus en ce pays, de même qu'à Paris, je vous en réserve des plus

[9]

beaux que j'aye, ayant surtout évité le mélange
des races (1). J'ai grandement obligation à
ces animaux qui ont délivré mes livres des
attaques fréquentes que leur faisoient les rats;
n'aimant point d'ailleurs les chats de nos pays,
je me servis de la commodité de notre ami,
le Sieur Pelissier, pour faire venir de ceux-
là de l'Asie, dont j'ai reçu souvent des demandes
et des complimens.

Du 27 Mai 1631.

J'ai acheté à Toulon des sandales de deux
momies fort bigearrées avec les clouds dorés,
et quelques médailles et gravures antiques du
Sieur Pelissier, qui ne voulut pas nous vendre
les cailloux d'Amethiste, et vouldroit bien
l'avoir faict. Je ne vous ai demandé le dessein
que de la rangée des dents du crocodyle; si
vous faites portraire davantage, vous embar-
rasserés le peintre inutilement et reculerés
d'autant ma curiosité de le voir qui pourroit
être contentée sur le champ. Si vous avés
faict ouvrir votre momie, je vous en blasme
bien fort; vous sçaviés que je m'étois repenti
de ce que j'avois laissé ouvrir une des miennes

(1) Gassendi, dans la Vie de Peiresc, atteste que
c'est à cet homme extraordinaire dans tous les genres
de sciences et de curiosités que l'on doit les chats
d'Angora en France.

ces années passees. A présent que nous sçavons
à quoi nous en tenir sur l'intérieur de ces
sortes de corps embaulmés, nous n'ignorons
pas que les chairs internes et externes n'y sont
point conservées ni desséchées, mais enlevées,
qu'il n'y reste que quelques ossemens en de-
dans, avec de la poix ou de la terre noire
propre à ces pays par de delà, et qu'encore
bien souvent les Juifs ou autres marchands
de plusieurs momies délabrées en composent
quelqu'une sans trop d'aprest que de rajuster
quelques bandelettes l'une auprès de l'autre,
en enlevant les petites idolettes qui se trouvent
souvent dans l'intérieur, et même la résine ou
autres aromates, pour les vendre à part.

A Beaugencier, le 11 Aoust 1631.

Je reçus par Corberan votre paquet du 9
Aoust, où je trouvay le livre manuscrit de
plain-chant du Roi Charles II, dont je vous
remercie très-humblement et comme de chose
que vous avés très-bien jugé estre fort de mon
goust. Je le feray couvrir de marroquin bien
proprement pour l'honneur de notre bon Roi
Charles II, qui n'étoit pas moins benét que
notre bon Roi Réné en son temps, lequel avoit
toujours à sa suite deux ou trois enlumineurs
ou peintres en mignature. Le Roi Charles I,
père dudit Charles II, quand il eust la nou-

velle de sa prinse sur la mer, dit tout hault qu'il ne le regrettoit poinct, qu'on ne lui avoit prins prisonnier qu'un prebtre qui ne faisoit qu'empêcher ou servir d'obstacle à ses généreux et belliqueux desseins; néantmoins il gouverna bien doulcement et humainement ses subjects, de quoi nous devons lui sçavoir gré, ainsi qu'à notre bon Roi René, qui de plus avoit bien fort le goût et l'intelligence des arts libéreaux, sciences et poésies; et à peine il sçut que le Quintilien trouvé à Basle étoit paru, qu'il en écrivit à un sien ami et correspondant en Italie, pour en avoir, cherchant à introduire dans notre pays de bonnes estudes et de bons maîtres. Quant à M. Fredeau, qui dit avoir vu travailler le Sieur Antoine Vandyk, il faudra tâcher de l'accaparer, d'autant que si M. de Lyon (1) vient ce mois de Septembre, comme il l'escript, pour s'en aller à Rome, il pourroit bien l'emmener, et lui plutôt que le cardinal de Bagny. Je n'ai encore pu retirer de lui autre chose que le portrait de quelques citrons et biggarés d'espèces singulières, étant si eschaudé du costé de Toulon, qu'il n'y a pas moyen de le gouverner. Les PP. Capucins de Toulon le font travailler autant qu'il en a envie.

(1) Le cardinal de Richelieu, (frère du ministre) archevêque de Lyon, qui avoit été chartreux, puis archevêque d'Aix.

10 Septembre 1631.

Je reçus hier soir, par M. Lombar, votre lettre du 8 avec les trois médailletes de Constantinople et un escargot de marbre d'Alexandrie, dont je vous remercie. M. Paladon estoit avec moi quand votre précédente lettre me fut rendue; je n'eus de luy qu'une patère de cuivre, mais bien conservée, et ayant au milieu deux lettres M A, et l'une de ses médailles d'or d'Honorius qui avoit la barbe et un petit sequin d'or ensemble sa monnoye d'argent qui est de Louys XII, comme Roi de Naples, et non de S. Loys. Il me monstra ses deux camayeux, dont celuy qui est antique ne représente qu'une Méduse, il en vouloit cent francs, aussi ne le prins-je pas; il avoit quelques graveures, mais le feu y estoit. J'eusse achepté son Gordian s'il me l'eusse montré. Je suis marri de n'avoir veu M. le lieutenant criminel de Lyon, je lui eusse monstré la dent qu'on supposoit estre de géant, mais je la tiens estre d'éléphant, et pour m'en assurer mieux je portai ma main dans la gueule de l'éléphant pour toucher et empoigner les siennes internes, que je trouvai de forme toute pareille; on me l'a envoyé de Tunis. Au reste, je vous félicite de l'acquisition des habillemens de notre dernier comte le Roi Charles III, dont vous devés faire grand cas.

Vous sçavés que ce pauvre prince, dont on ne peust dire bien ni mal, avoit légué ses livres aux PP. Dominicains de S. Maximin, fors ceux de médecine qu'il donna à son médecin. Un jour estant allé voir la bibliothèque de ces bons Pères, je fus bien mal satisfait de ma curiosité; quelques vieux psautiers et autres livres d'heures, encore avec très-peu d'enluminures, ensemble de vieux romans fort communs en composoient tous les manuscripts, aussi est-il vrai que les livres du Roi René n'y sont pas compris, car ils furent achetés par le comte de Sault, et ez mains des héritiers de celui-ci n'en reste plus rien que vaille. La couronne du Roi Charles III fut donnée à S. Sauveur pour la chasse de Sainte Ursule. Il me vient un regret, car je ne sçais si je vous ai remercié de ce beau poisson que M. votre fils m'a envoyé; je l'ai reconnu estre cette même pétrification que j'avois autrefois donné à M. Templery quand je revins d'Italie, aussi est-ce de la même nature de pierre que les autres qui me sont venus du Mont de S. Jean de la Rogna, et qui me sont demeurés. M. Fabry, votre parent et bon voisin, me remit les petites médailles dont vous l'aviés chargé. La plus petite, d'argent, m'avoit donné dans la visière quand je la tenois par le revers; mais lorsque je la tournai du côté de la tête, je n'y trouvai que *le Volto Santo* de Luques, mais il est vray que c'est la plus ancienne que j'aye vu de cette sorte là, et que je garderay bien volontiers.

Du 8 Janvier 1632.

Je vous félicite du beau coutelas que vous avés eu du marquis de Canillac, qui ne peut pas estre de 400 ans, s'il ressemble à celui de la pucelle d'Orléans, qui n'est pas de plus de 200 ans. Je le crois plutôt l'épée de Raymond de Turenne qui est des ancêtres du marquis, et qui fit bien du mal au pays les dernières années du quatorzième, et premières du quinzième siécles : ces petits pertuis (1) qui sont sur la lame sont singuliers, il aura voulu marquer les batailles où il s'est trouvé. Quant à ces deux statues de Jean de Bologne, elles ne pouvoient tomber entre meilleures mains que les vôtres. Vous me parlés de deux autres figures qui vous sont offertes; leur matière et l'escripture qu'elles portent, ne sont pas incompatibles à une plus grande antiquité que l'ordinaire; mais le mal est que ce sont choses si difficiles à deschiffrer, qu'il n'y a pas de plaisir à les achepter; il n'est pas comparable à celui que l'on a d'achepter des choses qui se puissent deschiffrer. C'est pour-

(1) Trous.

quoi ces choses là dans Rome et dans Venise, et partout où elles peuvent estre en commerce, ne sont pas en si grand prix que les autres antiquités, ce qui vous pourra servir d'advis en cas qu'elles fussent trop chères, car si elles étoient à prix tolérable, je ne serois pas d'avis de les laisser eschaper. Je ne me souviens pas d'avoir veu cette médaille du prince et princesse d'Orange, et je m'en pourrois accommoder, car j'ay une suite d'une vingtaine de différentes espèces de monnoye des princes d'Orange; mais si elle n'est pas proportionnée par le poids aux monnoyes du temps, possible ne seroit-elle pas une monnoie de ces princes, il la faudroit faire péser avec des quarts d'écus ou autres espèces courantes. L'écu de France à pied que vous dittes seroit assés considérable, car ceux que j'avois me furent desrobés comme vous sçavés. Parmi les jolies curiosités que vous m'envoyates, j'admire toujours ce beau sceau de cire verte de notre comte Louys premier, qui a régné si peu, aussi en est-il plus digne d'être conservé, et il est si large, si bien historié, que je le regarde comme l'unique en son espèce.

2 Mai 1632.

Je vous félicite de l'acquisition de tant de florins d'or que vous avés faite. S'il y a de la différence entre eux, il s'y en rencontrera quelqu'un de curieux dont je m'accomoderai. Voyés, s'il vous plaist, à quel point de richesse et de gloire le commerce avoit amené Florence, et combien peu le commerce y nuysoit au progrès des arts, puisque c'est par là qu'ils ont, pour ainsi parler, commencé à se reproduire et à s'épandre dans le reste de l'Europe. Les plus belles monncyes d'or s'y sont fabriquées, et c'est là que tous les Rois et Etats en faisoient faire pour eux, de manière que le type ordinaire, qui est le S. Jean-Baptiste, étant toujours le même, les distinctions pour les divers Etats n'étoient que de petites marques que l'on voyoit au haut de l'écu. Je n'ai rien veu d'imprimé concernant la mort de Charles de Cazaux (1), que ce que M. de Nostradamus en a escript, et M. du Vair dans ses œuvres, en la harangue funèbre de Libertat. Ce n'est pas que je ne croie qu'il n'y eut bien des particularités à en dire que l'on apprendroit dans des mémoires manuscrits du temps, et si je savois à peu près à quel dessein M. d'Ampus desire en estre informé, je verrois si dans mes mémoires je pourrois

(1) Charles de Cazaux voulut faire de la ville de Marseille une république sous la protection de l'Espagne pendant les troubles de la ligue. Il fut tué en 1595 par Pierre de Libertat.

en rencontrer, et serois aise de lui rendre service. Cependant sy ne fault-il pas vous céler l'acquisition que j'ai faite pendant ma maladie de deux gobelets d'argent antiques, qui s'emboittent l'un dans l'autre, où il y a des petites moullures et des lettres grecques qui marquent la mesure de leur contenance, chose que je n'avois jamais vue en tous mes voyages, et qui est des plus curieuses qui me fussent encore tombées en main, aussi bien que le trespied dont je suis aussi fier dans le goût qui s'y trouve, comme quand vous avez recouvré quelque peinture d'excellente main. Je suis bien marri, au reste, d'avoir tant gardé vos régistres; mais ma santé a été si mauvaise depuis quelque temps, et l'est tellement que je ne suis pas encore quitte de fièvre, tant la nuit que le jour, encore avois-je été contraint de quitter le vin ces jours-ci, dont je me suis très-bien trouvé.

15 Juin 1632.

Je suis bien aise que le nom de cette vielle épée dont vous me parliés se soit trouvée tant à votre goût qu'à celui de M. le marquis de Canillac, et que ce soit celle de Raimond de Turenne. Otés-vous de l'esprit qu'il ait jamais été fait des figures

antiques de pierre fondue, non plus que
des colomnes, et croyés que si les deux
figures dont on vous a parlé ont été payées
400 écus, comme on a voulu vous dire, il ne
faudra pas crier au larron après l'acheteur,
qui pourroit bien n'en estre pas trop bon
marchand par les considérations que je vous
ai touchées cy-devant, lesquelles diminuent
grandement le prix de telles figures, en comparaison d'autres plus susceptibles de nos in-
terprétations. Il se faudra contenter d'en
avoir un griffonement s'il est loisible d'y
prétendre. Au reste, je vous félicite des
habitudes que vous commencés de prendre
avec M. l'évêque de Grenoble, que j'ai eu
l'honneur de connoître de longues mains,
il est fort curieux des plantes de jardinages,
aussi bien que d'avoir des cabinets fort en-
richis; mais je ne sçais pas encore si sa
curiosité passe plus avant, et jusqu'aux an-
tiquailles et autres singularités de la nature
et de l'art. Je pense vous avoir fait mes re-
merciemens sur le beau papier de Florence
que vous m'avés envoyé.

26 Juin 1632.

J'ai reçu vos deux dépêches du 18 et
20 de ce mois, ensemble un vase de marbre
gris et noir, mais non pas le couvercle que

[19]

j'y pensois trouver, eu égard à ce que vous
m'en écrivés; y ayant seulement un caillou
capable de servir de bouchon plûtôt que
de couvercle qui n'est pas de même matière comme vous avés cru, car c'est de
marbre vert et noir; or c'est un poids antique qui avoit été fait pour le poids d'une
livre; mais la pierre se trouve un peu courte
pour la comparer à sa juste proportion, ce
qui peut estre advenu par le trop long usage
qui en a diminué le poids, comme des testons
qui sont trop usés et lissés, et par conséquent
trop courts. Je ne vous en suis pas moins recon-
noissant, ainsi que de cette petite pierre à
broyer, comme aussi de ce squelette que
vous m'avés envoyé, lequel mérite bien d'être
examiné de plus près, et comparé aux autres
s'il s'en peut trouver pour juger de quel animal ce peut estre, car pour un serpent il y
a fort peu d'apparence, les dents ne s'y pou-
vant nullement accorder (1). Ce qui me fait
craindre que ce ne soit quelque race de
loutre ou d'hérisson, ce qui me rendra plus
curieux désormais d'en rechercher quelque
tête pour en faire la comparaison. Je pensois
vous avoir vu de certains petits escuellons de
jaspe ou d'agathe dont j'ay veu autrefois grande

(1) Ceci prouve que Peiresc avoit déja conçu qu'il
falloit surtout s'attacher aux dents, comme le carac-
tère le plus certain pour connoître les animaux.

quantité en plusieurs cabinets qui ne sont pas
de plus grande contenance que de deux ou
trois pleines cuilliers d'eau dont je ne sçavois
pas lors l'usage auquel cela pouvoit avoir servy,
et pensois que la pluspart n'eussent été faits que
pour servir de coupes à des salières, tant je les
voyois petits, mais à cette heure si j'en ren-
controis qui fussent antiques, j'y trouverois
possible de quoi fonder quelque jolie obser-
vation. Si vous avés même quelques cuilliers
qui tiennent quelque chose de la façon des
anciens soit qu'ils soient de marbre, ou de
jaspe, ou christal, ou de verre, ou de cuivre,
je prendrai plaisir d'en examiner la contenance,
et si les voleurs ne vous les ont retenus, il me
semble vous en avoir veu deux ou trois de
pierre verte comme de la prisme d'esmeraude
que je reverrois volontiers, sauf de vous les
renvoyer avec votre vase. Vous sçavés que
je fais depuis longtemps un travail sur les
anciennes mesures auquel se rapportera l'in-
spection que je ferai des vases et cuilliers
susdits, ayant estudié avec assés de réussite
les mesures des liquides des Grecs et des
Romains, depuis le *Culeus* romain, qui
contenoit 22 amphores, l'amphore qui contenoit 22 livres, jusqu'à la *Ligula* ou cuillier qui revenoit à 3 dragmes et quelque
chose, et depuis le Διότα ou Καδος grec,
qui revenoit à environ 90 livres, jusqu'au

chema et au cuillier grec, plus petit d'un
tiers que la ligule. Je vous remercie encore
des honnettes offres de votre cycle; mais je
crains bien que ce ne soit chose moderne,
puisque vous dites qu'il y a des flammes
sur le calice, et que l'escripture est en
lettres hébraiques ordinaires, car les vrays
cycles sont en lettres samaritaines. J'en re-
viens à vous dire que je me souviens des
vases qu'avoit feu M. Templery, et je voudrois bien que vous les demandiés à son fils
pour moi; j'en voudrois examiner et comparer la contenance avec les miens, je les lui
renverrai exactement, je recevrois encore
volontiers un certain petit vase d'argent que
M. de S. Jean vous avoit donné.

Beaugencier, 18 Aoust 1632.

Je suis bien aise d'apprendre l'acquisition
que vous venés de faire de cette tête coeffée
d'une si longue creste comme vous dites,
que je ne saurois concevoir sans la voir;
mais je me doute bién que vous voulés que
je l'aille voir sur les lieux, en vous rapor-
tant vos cuilliers et vos vases, qui m'ont
bien donné de l'entretien agréable dans ma
solitude; j'en ai bien saisi les mesures exactes,
et en ai remarqué qui doivent ne se rapor-
ter qu'à des mesures dénommées par les Ro-

mains, je n'ai jamais vu de lettres numérales qu'aux deux vases d'argent dont je vous ai escrit , et ces lettres étoient grecques. Aussi n'ai-je découvert la contenance des autres vases , que parce qu'ils pouvoient renfermer de liquides. J'irai incessamment vous trouver ; le calme paroissant revenu un peu dans notre pauvre province. Je vous conseille bien de faire retirer et sauver tout ce que vous pourrés des os de ce serpent ou autre animal extraordinaire, quelque ce puisse être, dont il faudra examiner la figure en son temps, si Dieu nous fait la grace d'en avoir la vue. Si c'est chose qui ne soit pas tant dans votre curiosité, je vous prie de croire qu'elle est grandement dans la mienne, et que je ne serai bien en repos que lorsque j'aurai vu cette tête si extraordinaire que vous dites. Sur quoi je demeure votre très-humble et très-obligé serviteur,

DE PEIRESC.

J'oubliois de vous remercier des ciseaux que vous m'avés envoyé que je vous rapporterai, j'y ai trouvé sur le fer une inscription dont vous ne me parliés pas ; elle est en ces termes : ESTIMES LE VOVLOIR POVR VOVS SERVIR. Je m'estonne que ces lettres aient eschapé à votre vue ; au reste, sur la moitié du fourreau qui reste, sont des armoiries qui sont une croix rouge avec quatre cartons d'or; et il y a un chef rouge avec la croix blanche de Malthe, de sorte qu'il ne faut pas en aller chercher l'interprétation en Angleterre, comme nous faisions, ni plus loin que de quelque bon chevalier de Malthe, français, qui vivoit il y a une centaine d'ans, lequel avoit vraisemblablement fait faire ces ciseaux pour en faire présent à sa mère, pour ne dire sa maîtresse; si le reste de la gaîne n'étoit perdu, on y eût vu la représentation de quelque teste d'empereur d'or, en chaperon d'azur, tant est que c'est toujours une belle pièce de cabinet que ferés bien de garder; ils auroient bien convenu à M. Templery, qui cherchoit des ciseaux si grands qu'ils pussent couper une feuille de papier d'un seul coup.